Date ADVENTS KALENDER

für Paare

Sophia Lederer

Date Adventskalender für Paare
Copyright © 2023 Sophia Lederer

Herausgeber: RBM Publishing
Autor: Sophia Lederer
Umschlaggestaltung: Daniela Patricia Brenner
Lektorat: Gudrun Specht

Das Werk, einschließlich seiner Teile, ist urheberrechtlich geschützt. Jede Verwendung ist ohne Zustimmung des Herausgebers unzulässig. Dies gilt insbesondere für die elektronische oder sonstige Vervielfältigung, Übersetzung, Verbreitung und öffentliche Zugänglichmachung.

Dieses Buch gehört

_____  _____

Zusammen seit:

_____

Einleitung

Herzlich Willkommen zu eurem persönlichen Date-Adventskalender!

Dieses Buch ist ein Tor zu einer unvergesslichen Reise durch die zauberhafte Vorweihnachtszeit. Es ist geschaffen für all diejenigen, die die Magie der Festtagszeit gemeinsam mit ihrem geliebten Partner oder ihrer Partnerin erleben möchten.

In den kommenden 24 Tagen entführt euch dieses Buch in eine Welt voller Romantik, Abenteuer und Wärme. Jeder Tag bringt eine neue Idee für ein gemeinsames Erlebnis, sei es ein Ausflug in die winterliche Natur, eine kulinarische Entdeckung oder ein inspirierender Besuch.

Wir haben diese Ideen mit Liebe und Sorgfalt ausgewählt, um eure Beziehung zu vertiefen, Erinnerungen zu schaffen und die Magie der Vorweihnachtszeit in vollen Zügen zu genießen. Ihr werdet feststellen, dass es nicht die teuren Geschenke sind, die diese Zeit besonders machen, sondern die gemeinsamen Momente und die Liebe, die ihr miteinander teilt.

Lasst euch von unseren Vorschlägen inspirieren, öffnet eure Herzen für die Freude dieser Saison und genießt die Romantik, die in der Luft liegt. Dieses Buch ist euer Begleiter auf eurer ganz persönlichen Reise des Adventszaubers. Macht euch bereit, eine unvergessliche Vorweihnachtszeit zu erleben!

1. Dezember

Gemeinsame Bucket-Liste:

Erstellt gemeinsam eine Bucket-Liste mit Dingen, die ihr in der Vorweihnachtszeit zusammen erleben möchtet, wie zum Beispiel Schlittschuhlaufen oder einen gemeinsamen Weihnachtsfilmabend. Diese Bucket-Liste sollte komplett unabhängig von den folgenden 23 Date-Ideen sein. Immerhin kann es leicht vorkommen, dass das ein oder andere Mal eine Aktivität dabei ist, die euch vielleicht nicht so zusagt. Dann habt ihr sofort eine Alternative, die ihr unbedingt erleben möchtet, an der Hand und könnt dementsprechend ausweichen.

Unsere Bucket-Liste

- [ ] _____
- [ ] _____
- [ ] _____
- [ ] _____
- [ ] _____
- [ ] _____
- [ ] _____
- [ ] _____
- [ ] _____
- [ ] _____
- [ ] _____
- [ ] _____
- [ ] _____
- [ ] _____
- [ ] _____
- [ ] _____
- [ ] _____

2. Dezember

Weihnachtliches Kinoerlebnis:

Geht ins Kino und seht euch einen romantischen Weihnachtsfilm an, während Ihr Popcorn teilt.

Diesen Film haben wir gesehen:
_____

Eine Szene, die uns besonders berührt oder zum Lachen gebracht hat:

_____
_____
_____
_____
_____
_____

Das bleibt uns in Erinnerung:

_____
_____
_____
_____
_____
_____

Unsere Notizen

3. Dezember

Winterspaziergang im Park:

Macht einen romantischen Spaziergang im Park, wenn der erste Schnee gefallen ist. Werft Schneebälle und wärmt euch danach bei einer Tasse heißen Kaffee, Tee oder Kakao auf. Plant während des Spaziergangs, euch gegenseitig kleine Überraschungen zu machen, und sammelt kleine Souvenirs aus der Natur, die ihr später auf die nächste Seite kleben könnt, damit dieser Spaziergang in besonderer Erinnerung bleibt.

4. Dezember

Gemeinsames Adventsbasteln:

Setzt euch zusammen und bastelt Weihnachtsdekorationen.

Die Vorlagen findet ihr hier:
https://tinyurl.com/mph234py

Ihr könnt eurer eigenen Kreativität freien Lauf lassen und basteln, was ihr möchtet. Alternativ haben wir auch eine DIY-Anleitung für einen Weihnachtsbaum-Würfel vorbereitet.

Was ihr dafür benötigt:
- Ein paar Blätter weißes Papier (297 x 210 mm)
- Eine Schneidematte oder eine andere Unterlage
- Ein Bastelmesser oder eine Schere

Anleitung:
1. Druckt die zwei Seiten aus und schneidet sie mit einem Bastelmesser oder einer Schere aus.
2. Baut die Würfel zusammen. Ein Klebstoff ist nicht erforderlich. Einfach die Laschen durch die Schlitze ziehen.
3. Fertig ist euer Weihnachtsbaum-Würfel!

5. Dezember

Kochabend mit internationalen Gerichten:

Jeder von euch wählt ein internationales Gericht aus, das ihr gemeinsam kocht und anschließend genießt. Richtet einen romantischen Abend mit Kerzenlicht ein. Genießt euer Dinner bei gedimmtem Licht und romantischer Musik.

Kocht heute mal eine Mahlzeit, auf die ihr besonders Lust habt. Falls ihr etwas Neues ausprobieren möchtet, haben wir hier zwei internationale Rezepte für euch vorbereitet:

Dinde aux marrons

Die französische Weihnachtsgans mit Maronen

Ein typisches Weihnachtsessen in Frankreich ist eine Gans gefüllt mit Maronen. In unserem Rezept haben wir es etwas typischer für Deutschland umgeformt und ein Hühnchen daraus gemacht. Ihr könnt aber natürlich das Fleisch wählen, das euch am meisten zusagt.

Zutaten für 2 Personen:

- 1 Hühnchen
- 7 Toastbrotscheiben
- 2 Eier
- 130 ml Milch
- 1 Zwiebel
- 1 Apfel
- 300 g Maronen
- Butter
- Salz, Pfeffer, diverse Kräuter

Zubereitung:

- Zwiebel und Apfel schälen. Zwiebel, Apfel, Toastbrotscheiben und Maronen fein schneiden.
- Zwiebel in einer Pfanne in etwas Butter anbraten.
- Anschließend die Apfelstücke hinzufügen. 2-3 Minuten anbraten.
- Danach die Toastbrotwürfel ebenfalls in die Pfanne geben.
- Nach ein paar Minuten die Maronen hinzufügen.
- Die Mischung mit Salz, Pfeffer und Kräutern würzen.
- Zuletzt Milch und die verquirlten Eier in die Pfanne geben und alles gut vermischen.
- Um ein besonders knuspriges Hühnchen zu erhalten, empfehlen wir euch, die restliche Butter unter die Haut des gewaschenen Hühnchens zu drücken.
- Zuletzt die Füllung mit den Händen im Hühnchen verteilen und das Hühnchen zunähen.
- Das Hühnchen auf ein tiefes Backblech setzen und noch etwas Butter und Gewürzen darauf verteilen.
- Für etwa 2 Stunden bei 190°C Umluft braten.
- Zwischendurch immer wieder mit etwas Wasser oder Saft auf dem Blech übergießen, damit es schön knusprig wird.

6. Dezember

Besuch auf einem Weihnachtsmarkt:

Schlendert gemeinsam über einen festlich geschmückten Weihnachtsmarkt, probiert Köstlichkeiten und genießt die Atmosphäre.

Auf der nächsten Seite könnt ihr eure künstlerische Ader ausleben. Zeichnet oder malt eure Lieblingsmomente vom Weihnachtsmarkt. Es könnte ein festlich geschmückter Stand mit Leckereien sein, ein Karussell, ein beeindruckender Weihnachtsbaum oder einfach eure eigenen lächelnden Gesichter, während ihr den Markt erkundet. Vergesst nicht, eure Kunstwerke zu datieren.

Kreative Weihnachtsmarkt-Erinnerungsseite

7. Dezember

Romantisches Picknick im Schnee:

Packt einen Korb mit Leckereien und Decken und genießt ein Picknick im Schnee.

Packliste für euer Winterpicknick:

- 1 oder 2 Schlitten als Bank/Tisch
- Thermoskanne mit Tee, Kaffee oder Punsch
- Warme Kleidung
- Bei Bedarf zusätzlich kuschelige Fleecedecken
- Warmes Essen in Thermobehältern
- Geschirr
- Besteck

Als Essen eignen sich hervorragend warme Suppen oder Eintöpfe und als Snacks gebrannte Mandeln.

8. Dezember

Handgeschriebener Liebesbrief:

Schreibt einander handgeschriebene Liebesbriefe, in denen ihr eure tiefsten Gefühle und Gedanken füreinander ausdrückt. Übergebt diesen Liebesbrief entweder gleich heute noch eurem Partner oder schenkt ihn euch gegenseitig am 24. Dezember, um das Weihnachtsfest noch romantischer zu machen.

Die Liebesbriefe findet ihr hier zum Ausdrucken:
https://tinyurl.com/ywtk4xau

Für:
Von:

_____

_____

_____

_____

_____

_____

_____

Für:
Von:

_____

_____

_____

_____

_____

_____

_____

9. Dezember

Gemeinsames Backen von Weihnachtsplätzchen:

Backt gemeinsam Weihnachtsplätzchen, dekoriert sie mit viel Liebe und hört im Hintergrund Weihnachtsmusik. Ihr könnt sie dann an Freunde und Familie verschenken oder einfach zusammen genießen.

Grundrezept für Plätzchen

Egal ob Anfänger oder Backprofi – dieser Plätzchenteig geht immer und schmeckt jeden. Ihr könnt dabei eurer Kreativität freien Lauf lassen und die Plätzchen nach Lust und Laune verzieren. Natürlich könnt ihr aber heute auch jedes andere Rezept zubereiten.

Zutaten:

- 250 g Mehl, glatt
- 70 g Zucker
- 125 g Butter, kalt (in Stücken)
- 2 Eier
- Dekoration nach Belieben (Streusel, Schokolade, Marmelade, Nüsse, etc.)

Zubereitung:

1. Mehl, Zucker, Butter und 1 Ei zu einem Mürbteig verkneten.
2. Den Mürbteig halbieren, zu zwei Kugeln formen und in Frischhaltefolie einwickeln.
3. Die beiden Teighälften für mindestens 30 min kühlstellen.
4. Backofen auf 170°C O/U vorheizen.
5. Die Teighälften nacheinander auf einer bemehlten Arbeitsfläche ausrollen.
6. Plätzchen ausstechen und auf ein mit Backpapier ausgelegtes Blech platzieren.
7. Das Ei mit einer Gabel verquirlen und damit die Plätzchen bepinseln. Ihr könnt entweder hier schon einen Teil der Plätzchen mit Nüssen oder Streuseln verzieren oder dies erst nach dem Backen (siehe Punkt 9.) machen.

8. Die Plätzchen für etwa 10 min goldgelb backen.
9. Anschließend abkühlen lassen und nach Wunsch weiter verzieren (mit geschmolzener Schokolade, Zuckerguss, Marmelade, etc.).

10. Dezember

Romantischer Abend bei Kerzenlicht und Gedichten:

Zündet Kerzen an, lest euch gegenseitig romantische Gedichte vor und teilt eure Gedanken.

Hier ist Platz zum Teilen eurer Gedanken und Gefühle über diesen romantischen Abend. Wie hat euch das Vorlesen der Gedichte berührt? Beschreibt euren Lieblingsmoment während dieses romantischen Abends. Haltet diesen besonderen Augenblick außerdem auch mit einem Foto von euch beiden fest und klebt es auf die nächste Seite.

_____
_____
_____
_____
_____
_____
_____
_____

11. Dezember

Die gemeinsame Reise in die Kindheit:

Setzt euch zusammen und teilt Geschichten aus eurer Kindheit. Erzählt euch von euren liebsten Weihnachtserinnerungen und den Menschen, die sie besonders gemacht haben.

Unsere Lieblingsweihnachtserinnerung (Was habt ihr besonders geliebt? Gab es bestimmte Traditionen oder Rituale, die diese Erinnerungen besonders gemacht haben?):

_____
_____
_____

Die Menschen, die unser Weihnachten besonders gemacht haben:

_____
_____
_____

Unser schönstes Weihnachtsgeschenk:

_____
_____
_____

Unsere Kindheitsträume und Wünsche (Haltet euere Träume und Wünsche, die ihr als Kinder hattet, besonders in Bezug auf Weihnachten, fest.):

_____
_____
_____

12. Dezember

Schneemannbau und fröhliche Schneeballschlacht:

Falls es schneit, warum nicht eine kleine Schneeballschlacht im Garten oder Park veranstalten? Baut gemeinsam einen Schneemann und habt eine lustige Schneeballschlacht. Das bringt Spaß und sorgt für gemeinsame Erinnerungen.

Macht ein Selfie mit eurem selbstgebauten Schneemann und euch, sodass ihr euch auch später noch an diesen besonderen Tag zurück erinnert und gemeinsam in Erinnerungen schwelgen könnt.

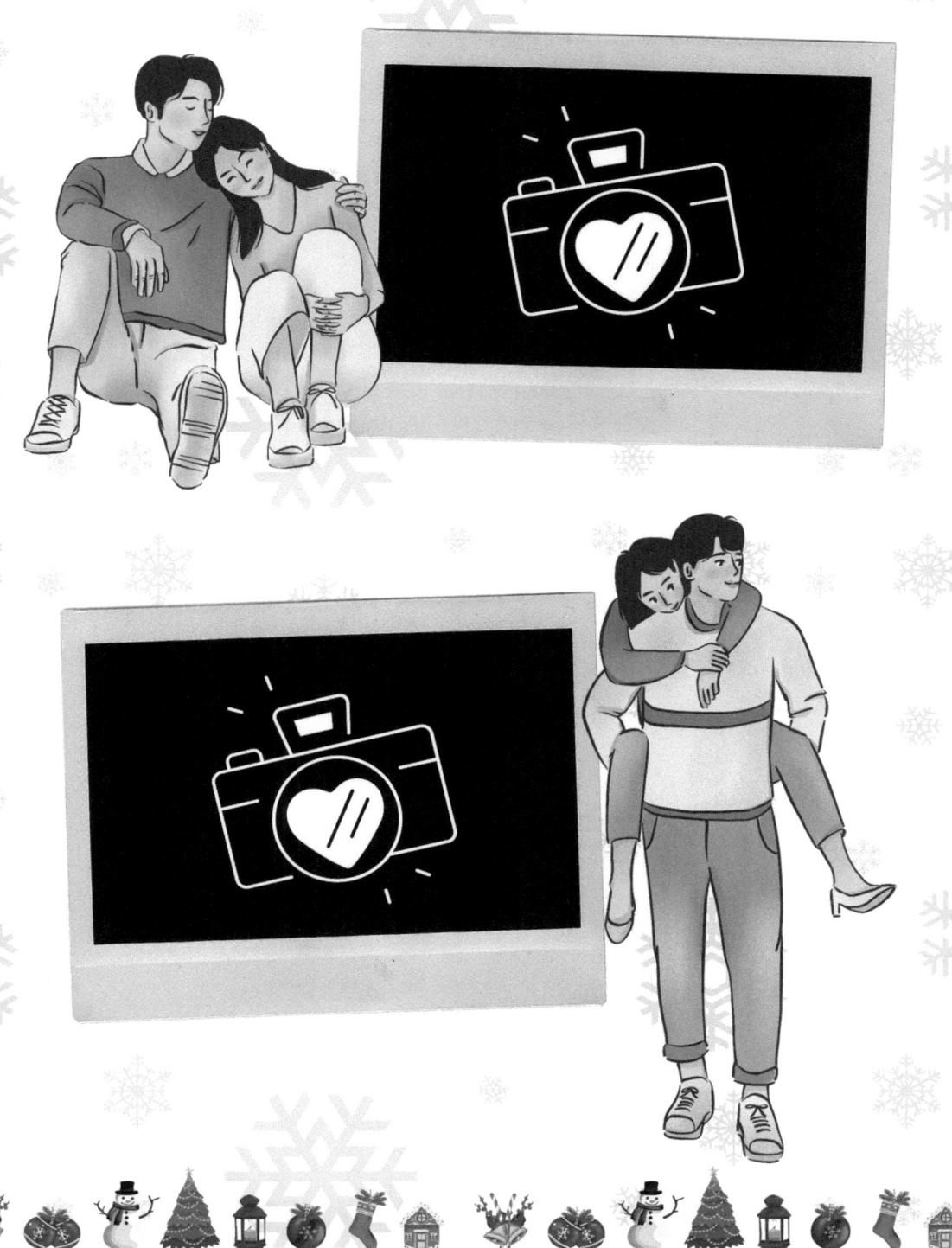

13. Dezember

Sternenabenteuer:

Legt euch draußen auf eine Decke und beobachtet den klaren Sternenhimmel. Versucht, Sternbilder zu erkennen und teilt eure Gedanken über das Universum.

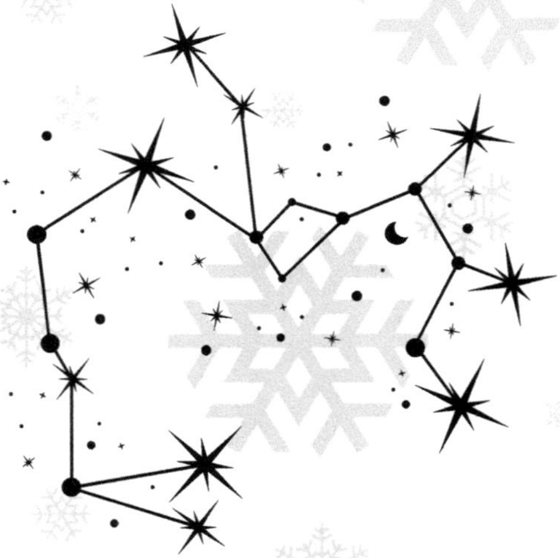

Erkannte Sternenbilder

Listet die Sternbilder auf, die ihr während eurer Beobachtung erkannt habt. Vielleicht habt ihr den Großen Wagen, den Polarstern oder andere Konstellationen gefunden. Schreibt auf, was sie für euch bedeuten.

- [ ] _____
- [ ] _____
- [ ] _____
- [ ] _____
- [ ] _____
- [ ] _____
- [ ] _____
- [ ] _____
- [ ] _____
- [ ] _____
- [ ] _____
- [ ] _____
- [ ] _____
- [ ] _____
- [ ] _____
- [ ] _____

14. Dezember

Gemeinsames Lesen eines Buchs:

Wählt ein Buch aus, das euch beide interessiert, und lest es euch gegenseitig vor.

Dieses Buch haben wir gemeinsam gelesen:

_____
_____
_____
_____

Darüber haben wir uns unterhalten/diskutiert:

_____
_____
_____
_____
_____

Diesen Satz nahmen wir uns aus unserem Buch mit:

_____
_____
_____
_____
_____

Das Buch hat uns inspiriert, weil...

_____
_____
_____
_____
_____

15. Dezember

Geschenke für Bedürftige spenden:

Teilt die Freude der Saison, indem ihr Geschenke oder Lebensmittel an Bedürftige spendet. Das Teilen macht die Feiertage noch bedeutungsvoller.

Auf der nächsten Seite ist Platz für eure Gedanken und Gefühle während des Spendens sowie ein Foto von euch und den gespendeten Gegenständen oder demjenigen, der diese erhalten hat.

16. Dezember

Karaoke-Abend:

Singt gemeinsam Weihnachtskaraoke und habt Spaß dabei, auch wenn Ihr nicht die besten Sänger seid.

Juhuuu, heute wird gesungen! Damit euer Karaoke-Abend zu einem unvergesslichen Erlebnis wird, haben wir die wichtigsten Dinge zusammengefasst:

1. Weihnachtslieder auflisten:
Notiert eure Lieblingsweihnachtslieder. Hier ein paar Vorschläge:
- Jingle Bells
- Last Christmas
- Feliz Navidad
- Rudolph, the Red-Nosed Reindeer
- All I want for Christmas

2. Karaoke-Setup:
Ihr könnt eine Karaoke-App auf eurem Smartphone installieren und dieses mit eurem Fernseher verbinden oder einfach mithilfe von YouTube nach Weihnachtsliedern suchen. Hier gibt es den Großteil der Lieder in Karaoke-Version.

3. Liedauswahl:
Wählt gemeinsam ein Lied nach dem anderen aus.

4. Gemeinsames Singen:
Und nun geht´s auch schon los! Startet mit eurem ersten Song und singt voller Elan Karaoke!

17. Dezember

Stadt – Land – Ho Ho Ho:

Ihr kennt doch bestimmt „Stadt – Land – Fluss", richtig? Dann kennt ihr hiermit auch die Weihnachts-Edition „Stadt – Land – Ho Ho Ho". Es bedarf wohl nicht viel Worte oder Erklärungen. Nutzt den heutigen Tag und spielt ein paar Runden „Stadt – Land – Ho Ho Ho" gegeneinander.

Hier gehts zum Download:
https://tinyurl.com/c7k2yvac

Stadt – Land – Ho Ho Ho

Buchstabe	Weihnachts-geschenk	Weihnachts-braten	Weihnachts-lied	Weihnachts-getränk	Stärke meines Partners	Punkte

Gesamt

18. Dezember

Das Schatzsuche-Abenteuer:

Versteckt kleine Geschenke oder Nachrichten im Haus und veranstaltet eine Schatzsuche. Das bringt Spannung in euren Tag.

Die Liebes-Schnitzeljagd

Heute wartet eine romantische Schnitzeljagd auf euch! Es muss weder aufwändig noch teuer sein. Versteckt kleine Zettelchen mit Hinweisen in eurer Wohnung. Ein Hinweis soll mit einer Botschaft zum nächsten Hinweis führen. Am Ende sollte eine kleine Aufmerksamkeit auf den Partner warten. Das kann entweder etwas Süßes, eine nette Liebesbotschaft oder ähnliches sein. Seid kreativ und überlegt, was eurem Partner gefallen würde. Hier haben wir ein paar Ideen zusammengestellt, um euch Anregungen zu geben:

Küche: „In diesem Raum, wo unser Herz gemeinsam kocht, such nach dem nächsten Schritt, wo die Töpfe und Pfannen erhellt sind."

Wohnzimmer: „Hier, wo wir lachen und Träume teilen, in der Nähe des Ortes, wo wir uns verweilen, ist der nächste Hinweis für dich bereit."

Schlafzimmer: „In unserem Raum der Zweisamkeit, wo unsere Liebe gedeiht, im Bereich, wo unsere Kleider sich berühren, wirst du den nächsten Hinweis erreichen."

Badezimmer: „Wo wir uns gegenseitig verwöhnen und pflegen, findest du den nächsten Schritt, ohne zu zögern. In einem Ort, wo Wasser fließt, wird dein Herz erfreut sein."

Büro: „In diesem Raum, wo Gedanken fliegen und Ideen blüh'n, in der Nähe unseres Schreibtischs, wirst du die nächste Nachricht seh'n."

Flur oder Diele: „Zwischen den Türen und Zimmern, wo wir zusammenkommen, halte Ausschau, und du wirst entdecken, wonach wir suchen."

19. Dezember

Besuch in einem Winterzoo:

Entdeckt die faszinierende Tierwelt in einem Zoo.

Tier-Partner-Vergleich

Liest euch bereits vor dem Zoo-Besuch die folgenden Fragen durch und macht euch während des Besuches Gedanken über die möglichen Antworten. Seid kreativ! Wir sind gespannt, wer die lustigsten Antworten findet. Notiert die Antworten nach eurem Zoo-Besuch. Wir garantieren euch, in ein paar Jahren werdet ihr Tränen darüber lachen.

Welches Tier im Zoo hat äußerlich eine Ähnlichkeit mit deinem Partner? Welche?

_____

_____

Welches Tier würdest du mit deinem Partner vergleichen, wenn es um Eigenschaften wie Stärke, Geschwindigkeit oder Mut geht?

_____

_____

Welches Tier hat dieselben Essensgewohnheiten wie dein Partner?

_____

_____

Was denkst du, welches Tier dein Partner gerne wäre?

_____

_____

20. Dezember

Gemeinsamer Tag im Spa:

Verwöhnt euch mit einem Tag im Spa, mit Massagen und Entspannung. Wenn heute nicht der passende Tag für einen Thermenbesuch ist, verwöhnt euch zuhause gegenseitig mit Massagen, nehmt zusammen ein Schaumbad mit Kerzen rundherum oder einer Gesichtsmaske. Lasst es euch einfach gut gehen!

Gesichtsmaske selber machen

Wenn ihr euren Spa-Tag heute zuhause einlegt, haben wir ein Rezept für eine Gesichtsmaske und eine Peelingmaske für euch vorbereitet.

Gesichtsmaske gegen trockene Haut:
Zutaten:
- 30 g Avocado
- 30 g Naturjoghurt

Zubereitung:
1. Avocado mit einer Gabel zerquetschen oder, wenn sie sehr hart ist, mit einem Mixer zerkleinern.
2. Das Joghurt untermischen.
3. Die Gesichtsmaske auftragen und für mindestens 20 Minuten einwirken lassen.
4. Anschließend mit lauwarmem Wasser abspülen.

Peelingmaske:
Zutaten:
- 30 g Feinkristallzucker
- 30 g Olivenöl

Zubereitung:
- Feinkristallzucker und Olivenöl vermengen.
- Das Peeling sanft einmassieren. Es eignet sich auch hervorragend als Ganzkörperpeeling.
- Nach etwa 15 Minuten Einwirkzeit (nachdem das Peeling komplett getrocknet ist) mit lauwarmem Wasser abspülen.

21. Dezember

Schneeschuhwanderung:

Unternehmt eine Schneeschuhwanderung in einer verschneiten Landschaft.

So können wir unsere Schneeschuhwanderung mit nur 3 Wörtern beschreiben:

_____
_____
_____

Wenn wir einen Wunsch im verschneiten Wald äußern könnten, dann wäre das...

_____
_____
_____

Unsere lustigste Begegnung heute war...

_____
_____
_____

Das war unser liebster Moment auf der Wanderung:

_____
_____
_____

Gemeinsame Erinnerungen:

_____
_____
_____

22. Dezember

Der Fotowalk:

Macht einen Spaziergang in eurer Umgebung und fotografiert Dinge, die euch gemeinsam bedeutsam erscheinen. Es ist eine großartige Möglichkeit, eure Beziehung aus einer anderen Perspektive zu sehen.

Unsere Erinnerungen an unseren Fotowalk

23. Dezember

Adventliche Cocktail-Nacht:

Mixt gemeinsam festliche Cocktails, genießt sie bei Kerzenschein und lasst die Vorweihnachtszeit nochmals Revue passieren, indem ihr jeden der letzten 22 Tage gemeinsam durchgeht und eure Erinnerungen teilt.

Weihnachtscocktail

Zutaten:
- 80 ml Gin
- 250 ml Birnensaft
- 450 ml Tonic
- 3 Zimtstangen
- Eiswürfel
- 1 Birne
- 2 Zweige Thymian

Zubereitung:
1. Birnensaft und Zimtstangen in einem tiefen Topf für etwa 10 min kochen lassen.
2. Den Birnensaft abseihen und die Zimtstangen dabei auffangen.
3. Den Birnensaft kühl stellen.
4. Nach etwa 30 min den Gin und Birnensaft vermengen.
5. Die Birne halbieren.
6. In jedes Cocktailglas Eiswürfel und eine Birnenhälfte geben.
7. Die Cocktailmischung darauf gießen und anschließend mit Tonic toppen.
8. Zum Schluss jedes Cocktailglas mit einem Thymianzweig dekorieren.

Unser Lieblings-Cocktail
_____
_____
_____
_____
_____
_____

24. Dezember

Das Weihnachtsgeschenk:

Euer letztes Date könnte darin bestehen, euch gegenseitig eure Weihnachtsgeschenke zu überreichen und die Liebe zu feiern.

Frohe Weihnachten!

Heute ist der letzte Tag eures Date-Adventskalenders. Also lasst die letzten 23 Tage nochmal Revue passieren und haltet folgende Fragen fest.

Dieses Date hat uns am meisten gefallen:

_____
_____
_____
_____

Das wünschen wir uns für den heutigen Heiligabend:

_____
_____
_____
_____

So würden wir unsere Liebe in diesem Moment beschreiben:

_____
_____
_____
_____

Das war unser schönstes Erlebnis im Advent:

_____
_____
_____
_____

Schlusswort

Mit diesen 24 romantischen Date-Ideen und Erlebnissen möchten wir euch auf eine ganz besondere Reise durch die Vorweihnachtszeit mitnehmen. Es war uns eine Freude, euch zu begleiten und euch dabei zu helfen, eure Beziehung zu vertiefen, eure Liebe zu feiern und unvergessliche Erinnerungen zu schaffen. Diese magische Zeit des Jahres bietet die perfekte Gelegenheit, sich näher zu kommen, tiefe Gespräche zu führen und die Wärme eurer Liebe zu spüren.

Wir hoffen, dass ihr jeden Tag genossen habt, sei es bei einem romantischen Abend bei Kerzenlicht, einem Besuch auf dem Weihnachtsmarkt oder einer Sternenbeobachtung unter klarem Himmel. Diese Momente sind wie Sterne am Himmel eurer Beziehung, die eure Liebe erhellen und euren Weg erleuchten.

Eine letzte Aufgabe haben wir aber noch für euch. Erstellt schon jetzt eine Bucket List fürs nächste Jahr. Diese könnt ihr einerseits sofort beginnen auszufüllen, aber auch während des Jahres kontinuierlich weiterführen. Schneidet euch diese Bucket List aus oder schaut während des nächsten Jahres immer wieder in dieses Buch und seht nach, welche Erlebnisse und Aktivitäten noch auf euch warten!

Möge eure Bucket List für das kommende Jahr euch noch mehr unvergessliche Momente, tiefe Liebe und Abenteuer bringen. Wir wünschen euch ein Jahr voller Glück, Liebe und gemeinsamer Erlebnisse. Lasst eure Liebe weiter erblühen und eure Abenteuerlust niemals enden!

Frohe Weihnachten und ein gesegnetes neues Jahr, ihr beiden wundervollen Menschen!

Bucket List fürs nächste Jahr

- [ ] _____
- [ ] _____
- [ ] _____
- [ ] _____
- [ ] _____
- [ ] _____
- [ ] _____
- [ ] _____
- [ ] _____
- [ ] _____
- [ ] _____
- [ ] _____
- [ ] _____
- [ ] _____
- [ ] _____
- [ ] _____
- [ ] _____
- [ ] _____

Gemeinsame Erinnerungen

Hier habt ihr noch Platz für gemeinsame Fotos, Erinnerungen und Notizen, die euch dieses Jahr begleitet haben. Hält sie hier fest, sodass dieses Buch eine wunderschöne Erinnerung für euch bleibt!!

_____
_____
_____
_____
_____
_____
_____
_____
_____
_____
_____
_____
_____
_____

Haftungsausschluss

Die Umsetzung aller enthaltenen Informationen, Anleitungen und Strategien dieses Buchs erfolgt auf eigenes Risiko. Für etwaige Schäden jeglicher Art kann der Autor aus keinem Rechtsgrund eine Haftung übernehmen. Für Schäden materieller oder ideeller Art, die durch die Nutzung oder Nichtnutzung der Informationen bzw. durch die Nutzung fehlerhafter und/oder unvollständiger Informationen verursacht wurden, sind Haftungsansprüche gegen den Autor grundsätzlich ausgeschlossen. Ausgeschlossen sind daher auch jegliche Rechts- und Schadensersatzansprüche. Dieses Werk wurde mit größter Sorgfalt nach bestem Wissen und Gewissen erarbeitet und niedergeschrieben. Für die Aktualität, Vollständigkeit und Qualität der Informationen übernimmt der Autor jedoch keinerlei Gewähr. Auch können Druckfehler und Falschinformationen nicht vollständig ausgeschlossen werden. Die Bilder stammen von der Homepage www.pixabay.com und es handelt sich um lizenzfreie Fotos. Für fehlerhafte Angaben vom Autor kann keine juristische Verantwortung sowie Haftung in irgendeiner Form übernommen werden.

Urheberrecht

Alle Inhalte dieses Werkes sowie Informationen, Strategien und Tipps sind urheberrechtlich geschützt. Alle Rechte sind vorbehalten. Jeglicher Nachdruck oder jegliche Reproduktion – auch nur auszugsweise – in irgendeiner Form wie Fotokopie oder ähnlichen Verfahren, Einspeicherung, Verarbeitung, Vervielfältigung und Verbreitung mit Hilfe von elektronischen Systemen jeglicher Art (gesamt oder nur auszugsweise) ist ohne ausdrückliche schriftliche Genehmigung des Autors strengstens untersagt. Alle Übersetzungsrechte vorbehalten. Die Inhalte dürfen keinesfalls veröffentlicht werden. Bei Missachtung behält sich der Autor rechtliche Schritte vor.

Impressum

© Sophia Lederer
2023
1. Auflage
Alle Rechte vorbehalten.
Nachdruck, auch in Auszügen, nicht gestattet.
Kein Teil dieses Werkes darf ohne schriftliche Genehmigung des Autors in irgendeiner Form reproduziert, vervielfältigt oder verbreitet werden.
Kontakt: Belinda Derflinger, Auergütlweg 10, 4030 Linz, Österreich
Kontaktaufnahme: rbm.publishing@gmx.at